PEOR BRUJA

Ⓑ Bruño

Título original: *The Worst Witch*,
publicado por primera vez en el Reino Unido
por Puffin Books, un sello de Penguin Group
Texto e ilustraciones: © Jill Murphy, 1974

Traducción: © Roberto Vivero Rodríguez, 2015

© Grupo Editorial Bruño, S. L., 2015
Juan Ignacio Luca de Tena, 15; 28027 Madrid
Dirección Editorial: Isabel Carril
Coordinación Editorial: Begoña Lozano
Edición: Cristina González
Preimpresión: Francisco González

ISBN: 978-84-696-0339-0
D. legal: M-28795-2015
Printed in Spain

www.brunolibros.es

LA PEOR BRUJA

JILL MURPHY

Bruño

CAPÍTULO UNO

 ETROS Y METROS montaña arriba, rodeada por un espeso bosque, se encontraba la Academia para Brujas de la señorita Cackle.

En realidad se parecía más a una cárcel que a una escuela, con sus muros y sus torres de un gris apagado y tristón.

Con suerte podías divisar a sus alumnas sobrevolando el patio del recreo en sus escobas, como si fuesen murciélagos, pero lo normal era que el edificio quedase completamente oculto por la niebla.

Allí, todo era oscuro y tenebroso. Había largos y estrechos pasillos y retorcidas escaleras de caracol, y por supuesto, las alumnas llevaban vestidos y botas negros, camisas grises y corbatas negras y grises. Hasta su ropa de verano era de cuadros grises. Los únicos toques de color estaban en los cinturones (de un tono diferente para cada curso) y en la insignia de la academia, un gato negro sentado sobre una luna amarilla.

Para las ocasiones especiales, como las entregas de premios o en la fiesta de Halloween, tenían otro uniforme que consistía en un vestido largo y un sombrero alto y puntiagudo, pero como también eran negros, la cosa no cambiaba demasiado.

En la Academia para Brujas de la señorita Cackle había tantas normas que apenas podías hacer nada sin que te riñeran, y los exámenes eran casi diarios.

Mildred Hubble estaba en el primer curso, y era una de esas personas que siempre andan metidas en algún lío. No es que ella quisiera saltarse las normas y enfadar a las profesoras, ¡es que a su alrededor siempre *pasaban cosas!*

Si te topabas con ella, seguro que llevaba el sombrero de bruja puesto del revés y los cordones de las botas arrastrando por el suelo. No podía ni ir por un pasillo sin que alguien la regañase por algo, y casi todos los días le tocaba quedarse castigada a copiar cien veces «no debo hacer» esto o lo otro.

De todas formas, Mildred tenía un montón de amigas, aunque la mayoría se mantenía a una prudente distancia de ella cuando tocaba trabajar en el laboratorio de pócimas, por ejemplo.

Solo Maud, su mejor amiga, permanecía siempre fiel a su lado, por muy mal que se pusieran las cosas. Formaban una pareja curiosa: Mildred era alta y delgada, con largas trenzas que solía mordisquear sin darse cuenta (otra cosa que tenía prohibida), y

Maud era baja y rellenita, con dos coletas y gafas redondas.

En su primer día en la academia, a cada alumna se le entregaba una escoba para que aprendiese a montar en ella, algo que lleva bastante tiempo y no es tan fácil como parece.

A mitad del primer trimestre les daban un gatito negro al que debían entrenar para que volase en la escoba con ellas. En realidad, los gatos no tenían función alguna; únicamente era para seguir la tradición. Algunas escuelas tienen búhos en vez de gatos, es cuestión de gustos.

La señorita Cackle era una directora muy tradicional que no creía en las novedades ni en las modas, y educaba a sus alumnas tal como a ella le habían enseñado de joven, respetando las viejas costumbres.

Al final del primer año, cada estudiante recibía una copia de *El Famoso Libro de Conjuros,* un libro gordísimo encuadernado en cuero negro. No era para que lo usasen, ya que en clase tenían ediciones de bolsillo, sino que se trataba de otra tradición (como en el caso de los gatos).

Aparte de la entrega anual de premios, no había más actos solemnes hasta el quinto y último curso, cuando la mayoría de las estudiantes obtenían el Diploma Cum Laude de Brujería.

No parecía que Mildred fuese a obtener jamás ese diploma.

Después de solo dos días en la academia, ya había partido por la mitad su escoba voladora y aplastado totalmente su sombrero de bruja al estrellarse contra un muro del patio. Arregló la escoba con pegamento y cinta adhesiva y por suerte siguió volando, aunque ahora le resultaba aún más difícil controlarla y se veía un bulto feísimo justo donde se unían los extremos del palo.

Esta historia empieza de verdad a mediados del primer trimestre, la noche antes de que les entregasen los gatitos…

Eran casi las doce y la academia estaba toda a oscuras menos una estrecha ventana suavemente iluminada por una vela encendida.

Era la habitación de Mildred, que estaba sentada en la cama con su pijama de rayas negras y grises. Su amiga Maud se encontraba hecha un ovillo frente a ella, con su chal negro de lana sobre el camisón gris.

Todas las habitaciones de las alumnas eran iguales: muy simples, con un armario, una cama bastante dura, una mesa, una silla y una estrechísima ventana como las que usaban los arqueros para disparar sus flechas desde los castillos medievales.

Las paredes estaban prácticamente desnudas. Solo había un cuadro con una frase de *El Libro de los Hechizos* y, durante el día, varios murciélagos solían colgarse del techo. Mildred tenía tres en su habitación, pequeñitos, peludos y muy amistosos. Le encantaban los animales y estaba deseando que llegase el día siguiente para tener su propio gatito.

Todas habían planchando bien sus mejores vestidos y reparado las abolladuras de sus sombreros de bruja para la entrega de gatitos. ¡Maud estaba tan nerviosa que no podía dormir!, así que se había colado en la habitación de Mildred para charlar un rato.

—¿Cómo vas a llamar a tu gatito, Maud? —le preguntó Mildred.

—*Medianoche*. ¿A que suena genial?

—Pues yo estoy convencida de que va a pasar algo terrible con el mío… —gimió Mildred, angustiada, mordiéndose la punta de una trenza—. Ya verás cómo le piso la cola sin querer, o cómo él se escapa de un salto por una ventana nada más verme… *Algo* saldrá mal, seguro.

—No seas boba —replicó Maud—. Tú te llevas fenomenal con los animales. Y eso de pisarle la cola… ¡El gatito ni siquiera va a estar en el suelo! La señorita Cackle te lo pondrá en las manos y ya está. No te preocupes más por eso, anda.

Antes de que Mildred pudiese responder, la puerta de su habitación se abrió de golpe y la señorita Hardbroom, su tutora, apareció envuelta en su larga bata negra.

Era una mujer terrorífica, muy alta y delgada, con la cara afilada y el pelo recogido en un moño tan tirante y apretado que dolía solo de verlo.

—Un poco tarde para estar levantadas, ¿no, señoritas? —preguntó con voz helada.

Las dos amigas, que del susto se habían arrojado una en brazos de la otra, se separaron inmediatamente y clavaron la mirada en el suelo.

—Aunque, por supuesto, si no queréis participar en la entrega de gatos de mañana, esta es la mejor manera de conseguirlo —continuó la tutora.

—Perdón, señorita Hardbroom —dijeron las dos chicas al mismo tiempo.

La tutora le echó una mirada feroz a la vela encendida de Mildred y salió al pasillo escoltando a Maud de vuelta a su habitación.

Mildred se apresuró a apagar la vela y se metió bajo las mantas, pero no conseguía dormirse.

Fuera se oía el ulular de los búhos, y en algún lugar de la academia una puerta se había quedado abierta y chirriaba al batirse con el viento.

La verdad es que Mildred le tenía miedo a la oscuridad, pero no se lo contéis a nadie, porque… ¿dónde se ha visto una bruja a la que le asusten las sombras?

CAPÍTULO DOS

TODOS LOS GATOS iban a ser entregados a sus nuevas dueñas en el Salón Principal, una enorme estancia con filas y filas de bancos de madera, una alta tarima en uno de los extremos y decenas de escudos y retratos colgados en las paredes.

La academia entera se había reunido allí, y la señorita Cackle y la señorita Hardbroom se colocaron tras una mesa situada sobre la tarima. En la mesa había una gran cesta de mimbre de la que salían maullidos y ronroneos.

Lo primero que hicieron todas fue cantar la canción de la academia:

Adelante, volamos siempre adelante,
orgullosas en nuestras escobas

como sombras a la luz de la luna,
adelante, volamos siempre adelante.

Ni un día pasará sin que intentemos
ampliar nuestros conocimientos:
los calderos hirviendo mantendremos
y hechizos y conjuros lanzaremos.

Trabajaremos juntas, codo con codo;
mezclaremos pócimas con alegría,
y cuando por fin consigamos el título…
¡recordaremos felices estos días!

Lo cierto era que Mildred aún no había mezclado con alegría ni una sola pócima, y mucho menos había volado orgullosa en su escoba… ¡Solía estar demasiado ocupada intentando no caerse de ella!

Cuando terminaron de cantar, la directora sacudió una campanilla de plata y las chicas se pusieron en fila para recibir sus gatos.

Mildred era la última, y cuando llegó a la mesa, la señorita Cackle no sacó de la cesta un gatito negro como todos los demás, sino uno atigrado y con todo el pelo revuelto.

—Se nos han acabado los gatos negros —le explicó la señorita Cackle con una amable sonrisa.

La señorita Hardbroom también sonrió, pero sin amabilidad alguna.

Después de la ceremonia, todas las chicas corrieron a ver el curioso gatito de Mildred.

—Seguro que la señorita Hardbroom ha tenido algo que ver con esto… —susurró Maud.

—No es tan bonito como los demás, pero no me importa —dijo Mildred, rascando cariñosamente la cabeza del gatito—. Solo tengo que pensar en otro nombre para él, porque iba a llamarlo *Carbón* y ya no le pega nada…

Todas las brujas de primer curso bajaron al patio para intentar convencer a sus perplejos gatitos de que se sentasen en sus escobas para volar con ellos. La mayoría trató de agarrarse al palo sin demasiado éxito, pero el que le había tocado a una alumna bastante engreída llamada Ethel se sentó muy tieso en la escoba mientras se lamía tranquilamente una pata, ¡como si llevara haciendo aquello toda la vida!

Montar en escoba no era fácil, ni mucho menos. Primero le ordenabas que planease sobre el suelo, luego te sentabas en ella, le dabas un buen golpe y empezabas a volar. Una vez en el aire, podías conseguir que la escoba hiciera casi todo lo que le dijeses: «¡Derecha! ¡Izquierda! ¡Para! ¡Baja un poco!», etcétera.

La parte difícil era mantener el equilibrio, porque si te inclinabas más de la cuenta hacia un lado podías volcar con facilidad y, o te caías al suelo, o te quedabas colgando cabeza abajo hasta que alguien fuese a rescatarte.

A Mildred le llevó varias semanas de choques y caídas montar de manera aceptable en su escoba, y parecía que su gatito iba a tener los mismos problemas…

Cuando lo puso en un extremo de la escoba, él ni siquiera intentó agarrarse y, por supuesto, se cayó.

Después de muchos intentos, Mildred decidió hablarle seriamente:

—No querrás que al final te llame *Tontorrón,* ¿verdad? ¡Intenta agarrarte mejor, hombre! Todos tus amigos lo hacen fenomenal, ¿los ves?

El gatito la miró con tristeza… y le lamió la nariz.

—Veeeenga… —le dijo Mildred con voz más suave—. No estoy enfadada contigo, en serio. Vamos a intentarlo otra vez.

Y colocó al gatito de nuevo en la escoba, de la que se cayó inmediatamente, claro.

Maud estaba teniendo mejor suerte. Su gatito al menos colgaba cabeza abajo de su escoba.

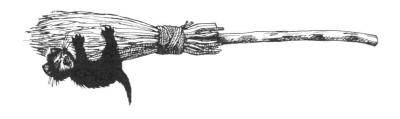

—Bueno, no está mal para empezar —se rio Maud.

—Al mío se le da fatal —gruñó Mildred, y se sentó en la escoba para descansar un poco.

—No importa —le dijo su amiga—. Piensa en lo difícil que será para ellos agarrarse a una escoba con esas uñitas tan pequeñas.

A Mildred se le ocurrió una idea y entró corriendo en la academia mientras su gatito perseguía una hoja por el patio y su escoba continuaba planeando pacientemente.

Al rato salió con su cartera, la colgó en uno de los extremos de la escoba y metió al gatito en su interior.

La cara de asombro del animalito asomaba por la cartera mientras Mildred volaba encantada por el patio.

—¡Mira, Maud! —gritó, planeando casi a diez metros de altura.

—¡Eso es trampa! —le recordó Maud, señalando la cartera.

Mildred aterrizó tan contenta.

—No creo que la señorita Hardbroom lo apruebe —opinó Maud.

—Bien dicho, Maud —dijo una voz helada detrás de ellas—. Mildred, querida, a lo mejor te resultaría más fácil aún con un manillar y un sillín…

Mildred se puso colorada.

—Lo siento mucho, señorita Hardbroom —susurró—. Mi pobre gatito no mantiene muy bien el equilibrio, así que… Yo pensé que… a lo mejor…

Su voz se apagó bajo la mirada de piedra de la señorita Hardbroom, y Mildred descolgó la cartera de la escoba y puso al asustado gatito en el suelo.

—¡Chicas! —la señorita Hardbroom dio unas palmadas—. Quería recordaros que mañana por la mañana hay examen de pócimas. Nada más.

Dicho esto, desapareció en el aire.

—Me gustaría que no hiciese eso… —susurró Maud, mirando el punto donde la tutora se había esfumado por arte de magia—. Nunca estás segura de si se ha ido de verdad o no.

—Bien dicho otra vez, Maud —resonó la voz de la señorita Hardbroom desde… ninguna parte.

Maud tragó saliva y se fue corriendo junto a su gatito.

CAPÍTULO TRES

 E TODAS LAS ALUMNAS de primer curso, solo Ethel había conseguido enseñar a su gato a la primera.

Ethel era una de esas personas a las que todo les sale bien. Siempre era la primera de la clase, los hechizos le funcionaban todas las veces y la señorita Hardbroom nunca le dedicaba palabras duras.

Por todo esto, Ethel solía ser más bien despectiva y mandona con las otras chicas.

En esta ocasión había visto toda la escena entre Mildred y la señorita Hardbroom y no pudo resistir la tentación de comentar:

—Creo que la señorita Cackle te ha dado ese gato a propósito, Mildred. Él y tú sois igual de torpes.

—*Tigre* no es torpe —dijo Mildred, que por fin había encontrado el nombre perfecto para su gatito—. Aprenderá con el tiempo.

—Como te ha pasado a ti, ¿verdad? —siguió Ethel—. ¿No chocaste contra los contenedores la semana pasada?

—Mira, Ethel —replicó Mildred—, mejor, cállate, porque si no...

—¿Sí?

—Tendré que convertirte en una rana, y no quiero hacer eso.

Ethel soltó una carcajada.

—¡Qué graciosa! Demasiado difícil para ti... ¡Si ni siquiera te sabes aún los hechizos para principiantes!

Mildred se puso colorada.

—¡Hazlo, vamos! Ya que eres tan lista, ¡conviérteme en una rana, anda! —la provocó Ethel—. Estoy esperando...

El caso era que Mildred tenía cierta idea sobre cómo formular ese hechizo (lo había leído en la biblioteca).

Para entonces, casi todas las chicas de la academia se habían acercado a ver qué pasaba, y Ethel seguía burlándose.

Era insoportable.

Mildred susurró el hechizo... y Ethel desapareció.

En su lugar había un cerdito rosa y gris.

Los gritos se sucedieron:

—¡Oh, no!

—¡La ha transformado!

—¡Ahora sí que la has hecho buena, Mildred!

Mildred estaba horrorizada.

—Oh, Ethel... —gimió—. Lo siento, pero tú has insistido.

El cerdito estaba furioso.

—¡Eres una bruta! —gruñó—. ¡Deshaz el hechizo!

Justo en ese momento, la señorita Hardbroom apareció en medio del patio.

—¿Dónde está Ethel? —preguntó—. La señorita Bat quiere hablar con ella.

Su afilada mirada se clavó en el cerdito
que gruñía a sus pies.

—¿Qué hace este animal en el patio? —exi-
gió saber.

Todas miraron a Mildred, que tartamudeó:

—Yo… lo… he… traído…, se…señorita Hardbroom.

—Bien, pues sácalo de aquí, por favor.

—¡Oh, no puedo hacer eso! Quiero decir que… bueno… ejem… ¿Sería posible quedármelo como mascota, por favor?

—Me parece que ya tienes bastante trabajo contigo misma y con ese gato sin añadir un cerdo a tus preocupaciones —respondió la señorita Hardbroom, mirando al gatito atigrado que jugueteaba entre los tobillos de Mildred—. ¡Sácalo de aquí ahora mismo! Y bien, ¿dónde está Ethel?

Mildred se agachó.

—Ethel, bonita —susurró cariñosamente al oído del cerdito—. ¿Podrías irte un momentito, por favor? Te dejaré volver enseguida.

Pero suplicar a gente como Ethel nunca funciona. Solo sirve para que se sientan más poderosos.

—¡No pienso irme! —gritó el cerdito—. ¡Señorita Hardbroom, soy Ethel! ¡Mildred me ha convertido en... *esto!*

La señorita Hardbroom, que nunca se sorprendía por nada, incluso levantó una ceja.

—Bien, Mildred... —dijo—. Me encanta saber que al menos has aprendido *una* cosa desde que has llegado. Sin embargo, como habrás visto en el Código de las Brujas, regla número 7, párrafo 2, no es costumbre practicar este tipo de hechizos con tus compañeras. Por favor, deshazlo ahora mismo.

—Es que... no sé cómo —confesó Mildred en un susurro.

La señorita Hardbroom la miró fijamente unos segundos.

—Entonces deberías ir a consultarlo a la biblioteca —dijo por fin en tono cansado—. Llévate a Ethel contigo y, de paso, dile a la señorita Bat por qué llega tarde a verla.

Mildred cogió su gatito y entró corriendo en la academia seguida por el cerdito.

La señorita Bat no estaba en su despacho y Mildred se libró de darle explicaciones, pero entrar en la biblioteca con el cerdito fue de lo más vergonzoso.

Ethel gruñía muy fuerte a propósito y todas las miraban tanto que Mildred tuvo ganas de meterse debajo de la mesa.

—Date prisa —protestó el cerdito.

—¡Oh, para ya! —replicó Mildred mientras hojeaba rápidamente un enorme libro de hechizos—. Además, todo es culpa tuya. Tú has insistido. No sé de qué te quejas.

—Yo he dicho una rana, no un cerdo. ¡Ni siquiera has podido hacer eso bien!

Mildred la ignoró y siguió buscando en el libro. Tardó una media hora en encontrar el contrahechizo adecuado, y al poco rato Ethel volvió a ser tan horrible como siempre.

En la biblioteca, la gente se quedó boquiabierta al ver la transformación.

—Vamos, no te enfades, Ethel —le pidió Mildred con voz suave—. Recuerda: «Silencio en la biblioteca».

Y escapó corriendo al pasillo.

—Uf, *Tigre,* vaya día… —le comentó a su gatito, que se había hecho un ovillo dentro de su chaqueta—. Lo mejor será que nos encerremos en mi habitación a repasar el examen de pócimas. No molestes a los murciélagos, ¿vale?

CAPÍTULO CUATRO

INQUIETAS POR EL EXAMEN de aquella mañana, todas las alumnas de primero esperaban en fila en la puerta del laboratorio de pócimas, preguntándose si habrían estudiado lo suficiente. Todas menos Ethel, que siempre se lo sabía todo y no se preocupaba por esas cosas.

—¡Vamos, chicas! ¡Dos por caldero! —ordenó la señorita Hardbroom—. Hoy prepararemos una pócima de la risa. No se pueden usar libros. ¡Guarda ese *ahora mismo*, Mildred! Trabajad en silencio y, cuando hayáis terminado, podéis tomaros un sorbito de la mezcla para aseguraros de que está bien hecha. Empezad.

Maud y Mildred compartieron un caldero, por supuesto, pero desgraciadamente ninguna de las dos recordaba los ingredientes exactos de esa pócima.

—Creo que lleva un poco de esto… y de esto —murmuró Maud.

Empezó a coger ingredientes de su mesa de trabajo, y cuando todos estuvieron mezclados en el caldero, el líquido burbujeante era de color rosa chicle.

Mildred lo miró con bastantes dudas.

—Creo que tendría que ser verde —dijo—. Deberíamos haberle echado un puñado de nenúfares-recogidos-a-medianoche.

—¿Estás segura? —preguntó Maud.

—Sí… —respondió Mildred, nada convencida.

—¿*Absolutamente* segura? —insistió Maud—. Ya viste lo que te pasó ayer.

—Estoy *bastante* segura —repuso Mildred—. Fíjate, hay un puñado de hojas de nenúfar en cada mesa. Se supone que tenemos que usarlo, ¿no?

—Pues venga —decidió Maud—. No puede hacer daño.

Mildred cogió las hojas y las echó en la mezcla.

Se turnaron para removerla unos minutos hasta que empezó a ponerse de un tono verde oscuro.

—Qué color tan horroroso... —comentó Maud.

—¿Estáis listas, chicas? —preguntó la señorita Hardbroom—. Tendríais que haber terminado hace unos minutos. Una pócima de la risa debería prepararse rápidamente para ser usada en caso de emergencia.

Maud siguió trabajando mientras Mildred se ponía de puntillas para intentar ver de qué color era la pócima de Ethel.

Para su espanto, era de color rosa chicle.

—Ay, ay… ¿Qué pócima habremos preparado? —gimió.

—Ahora, a probarlas —ordenó la señorita Hardbroom—. Solo un sorbito, por favor. No quiero que ninguna se ponga histérica.

Cada alumna metió unas gotas de su pócima en un tubo de ensayo y se las bebió.

En el acto se oyeron risas, especialmente en la mesa de Ethel. Su pócima era la mejor de todas, y ella se estaba riendo tanto que las lágrimas corrían por sus mejillas.

Las únicas chicas que permanecían serias eran Mildred y Maud.

—Oh, no —dijo Maud—. Me siento muy rara. ¿Por qué no nos estamos riendo, Mildred?

—Odio tener que decírtelo —empezó Mildred—, pero creo que…

Antes de acabar la frase, ¡las dos habían desaparecido!

—¡Caldero número dos! —exclamó la señorita Hardbroom—. Parece que habéis elaborado la pócima equivocada.

—Ha sido culpa mía —confesó la voz de Mildred... en algún lugar por detrás de su caldero.

—No me cabe duda —dijo la señorita Hardbroom—. Quedaos sentadas hasta que reaparezcáis, y luego, tal vez te vendría bien una visita al despacho de la señorita Cackle, Mildred. Le puedes explicar por qué te he enviado.

Todas habían salido ya de la clase cuando Mildred y Maud empezaron a reaparecer. Fue un proceso muy lento que empezó por la cabeza para extenderse al resto del cuerpo.

—Lo siento —se disculparon la cabeza y los hombros de Mildred.

—No pasa nada —dijo la cabeza de Maud—. Pero me habría gustado que *pensaras* un poquito más. ¡Estábamos haciendo la pócima bien hasta lo de los nenúfares!

—Lo siento… —volvió a disculparse Mildred, aunque ya no pudo ocultar una sonrisa—. Eh, Maud, ¿a que estamos geniales con cabeza y sin cuerpo?

Y las dos se echaron a reír.

—Debería ir a ver ya a la señorita Cackle —suspiró Mildred cuando al fin reapareció por completo.

—Te acompaño hasta su despacho, ¿quieres? —se ofreció Maud.

La directora de la academia era bajita y rechoncha, con una melenita gris y gafas de pasta verdes que normalmente llevaba apoyadas en la frente. Era todo lo opuesto a la señorita Hardbroom, pues parecía muy despistada y era amable por naturaleza. Las chicas no le tenían miedo alguno, mientras que la señorita Hardbroom les producía escalofríos.

La señorita Cackle usaba una técnica diferente. Al ser tan amable, las chicas se sentían fatal al tener que ir a confesarle cosas desagradables, justo lo que le pasaba siempre a Mildred.

Llamó a la puerta de la directora con la esperanza de que no estuviese.

Sí que estaba.

—¡Adelante! —dijo la familiar voz desde el interior.

Mildred abrió la puerta y entró.

La señorita Cackle, con las gafas sobre la nariz para variar, estaba muy ocupada escribiendo en un libro. Levantó la vista y la miró por encima de las gafas.

—Ah, Mildred —dijo amablemente—. Pasa y siéntate mientras termino de rellenar estos registros.

Mildred cerró la puerta y se sentó frente al escritorio de la señorita Cackle.

«Preferiría que no estuviese tan contenta de verme», pensó.

La directora cerró de golpe el libro y se puso las gafas en la frente.

—Bien, Mildred, ¿en qué puedo ayudarte?

Mildred se retorció los dedos.

—Bueno, señorita Cackle… —empezó lentamente—, es que… la señorita Hardbroom me ha dicho que viniese a verla… porque he vuelto a equivocarme de pócima.

La sonrisa se desvaneció de la cara de la directora, que suspiró como si estuviese decepcionada.

Mildred se hundió en su silla.

—Ya me he quedado sin argumentos contigo, de verdad, Mildred —dijo la señorita Cackle con voz cansada—. Semana tras semana vienes aquí y parece que mis palabras te entran por un oído y te salen por el otro. Si continúas así, nunca vas a conseguir el Diploma Cum Laude de Brujería. Cuando hay un problema en la academia, casi siempre estás metida en él, y eso no está nada bien, querida. Bueno, ¿qué tienes que decir esta vez?

—La verdad es que no lo sé, señorita Cackle —respondió humildemente Mildred—. Parece que lo hago todo mal, ¡pero esa no es mi intención!

—Lo sé, aunque eso no es excusa, ¿verdad? —preguntó la directora—. Todas las demás se las arreglan para no provocar líos allá donde van. Tienes que centrarte, Mildred. No quiero volver a oír *nada* malo de ti, ¿entendido?

—Sí, señorita Cackle —respondió Mildred con su voz más apenada.

—Anda, vete, y recuerda lo que hemos hablado.

Maud la estaba esperando en el pasillo.

—La señorita Cackle es muy amable, y se ve que no le gusta nada regañar —le contó Mildred—. A partir de ahora tengo que intentar portarme mejor para no hacerle pasar estos malos ratos. ¡Venga, vamos a darles otra clase de escoba a los gatitos!

CAPÍTULO CINCO

TAN PRONTO como entró en clase a la mañana siguiente, las chicas notaron que la señorita Hardbroom tenía un extraño aire pensativo.

Llevaba un vestido de rayas grises y negras con un broche en la solapa.

—Buenos días, chicas —saludó de manera menos cortante de lo habitual.

—Buenos días, señorita Hardbroom —respondieron a coro las chicas.

La tutora colocó unos libros sobre su mesa y miró a la clase.

—Debo anunciaros algo que por una parte me causa un gran placer y, por otra, cierto malestar… —en este punto le lanzó una mirada afilada a Mildred—. Como sabéis, las celebraciones de Halloween serán dentro de dos semanas y es costumbre que la Academia para Brujas de la señorita Cackle realice una exhibición. Este año, nuestra clase ha sido la elegida para realizar esa exhibición.

Las chicas lanzaron exclamaciones de alegría.

—Por supuesto, es un gran honor —siguió la señorita Hardbroom—, pero también una responsabilidad, pues esta academia cuenta con una elevadísima reputación que no queremos echar a perder, *¿verdad?* El año pasado, la clase de tercero preparó una obra de teatro que fue altamente elogiada, y yo he pensado que este año podríamos presentar un desfile de escobas. Necesitaréis practicar muchísimo, ya que alguna de vosotras todavía ni se sostiene bien en la suya, pero estoy bastante segura de que podríamos ofrecer un espectáculo interesante y exitoso. ¿Hay alguien que prefiera otra cosa?

Miró a las chicas y todas se encogieron en sus asientos.

—Bien. Entonces estamos de acuerdo. Presentaremos un desfile. Bajaremos ahora mismo al patio para empezar a practicar. Coged vuestras escobas y estad allí en dos minutos —dicho esto, la señorita Hardbroom desapareció en el aire.

Las chicas corrieron a sus habitaciones a buscar las escobas y bajaron en tropel al patio, donde su tutora ya las esperaba.

—En primer lugar realizaréis un vuelo de práctica —les dijo—. Formad una doble fila y dad una vuelta a la academia.

Las chicas salieron volando en una fila ordenada, aunque no perfecta.

—Bastante bien, chicas —dijo la señorita Hardbroom cuando regresaron ante ella—. Tú te has balanceado demasiado, Mildred, pero sin contar eso, todas lo habéis hecho razonablemente bien. He hecho una lista de movimientos para el desfile. Primero, una sola fila en la que cada alumna se elevará y descenderá de forma alternativa. Segundo, una V como la que forman las aves al volar. Luego, un descenso en picado hacia el patio y vuelta a subir justo antes de tocar el suelo. Esta será la parte más difícil —Mildred y Maud intercambiaron miradas de terror—. Y, para terminar, formaréis un círculo en el aire en el que cada escoba tocará a la siguiente. ¿Alguna pregunta? ¿Ninguna? Muy bien, entonces empezad con el primer ejercicio ahora mismo. ¿Cuál era el primer ejercicio, Mildred?

—… Ejem, volar en picado hacia el patio, señorita Hardbroom.

—Mal. Ethel, ¿lo recuerdas?

—Formar una sola fila en la que cada alumna se elevará y descenderá de forma alternativa —respondió Ethel, tan perfecta como siempre.

—Correcto —dijo la señorita Hardbroom, dirigiéndole una mirada helada a Mildred—. Practicaremos todas las mañanas hasta el día de la celebración, y quizá también alguna tarde, si convenzo a la señorita Bat para que os saltéis la clase de canto.

Durante las dos semanas siguientes trabajaron muchísimo. Dedicaban cada minuto libre a practicar, y cuando llegó Halloween, la exhibición les salía perfecta.

El sombrero de Maud estaba tan arrugado como un acordeón desde el día en que no se elevó a tiempo de uno de los descensos en picado, pero aparte de eso, casi no hubo problemas.

Ni siquiera por parte de Mildred, que estaba haciendo un gran esfuerzo.

El día anterior a Halloween, la señorita Hardbroom hizo que las chicas se pusiesen en fila para darles los últimos consejos.

—Estoy muy satisfecha de vosotras —les dijo casi con amabilidad—. Mañana os pondréis vuestros mejores vestidos, así que espero que todos estén bien limpios y planchados.

Mientras decía esto, se fijó en la escoba de Mildred.

—Mildred, ¿qué es ese horrible bulto de cinta adhesiva en mitad de tu escoba?

—Me temo que la partí por la mitad la primera semana de clase —confesó Mildred.

Ethel se echó a reír.

—Entiendo... —repuso la señorita Hardbroom—. Bien, desde luego no puedes usar *eso* en la exhibición. Ethel, creo recordar que tú tienes una escoba de repuesto. ¿Podrías dejársela a Mildred?

—¡Oh, señorita Hardbroom...! —replicó Ethel—. Es un regalo de cumpleaños. No querría que le pasase nada.

La tutora le lanzó una de sus miradas más desagradables.

—Si es eso lo que opinas, Ethel —dijo con tono gélido—, entonces...

—No quiero decir que no se la vaya a dejar, señorita Hardbroom —rectificó dulcemente Ethel—. ¡Ahora mismo voy a buscarla! —y entró corriendo en la academia.

Pero Ethel no se había olvidado de cuando Mildred la convirtió en un cerdo, y mientras subía por la escalera de caracol se le ocurrió una excelente idea para vengarse. (Desde luego, Ethel no era muy buena persona).

—Te vas a enterar, Mildred —susurró con una carcajada mientras sacaba la escoba del armario—. Escúchame, escobita, esto es muy importante...

Las chicas ya se habían marchado del patio cuando Ethel regresó con la escoba. Solo quedaba Mildred, que seguía practicando el descenso en picado.

—Aquí tienes la escoba —le dijo Ethel—. Te la dejo apoyada en la pared.

—Muchas gracias —respondió Mildred, encantada de que Ethel fuese tan maja de repente. No habían vuelto a hablarse desde el episodio del cerdito—. Eres muy amable.

—De nada —añadió Ethel, sonriendo para sí misma mientras volvía a entrar en la academia.

CAPÍTULO SEIS

ALLOWEEN se celebraba año tras año en las ruinas de un viejo castillo cercano a la Academia para Brujas de la señorita Cackle. Las hogueras se encendían al atardecer, y todas las brujas y magos de la zona se reunían para la fiesta.

Mildred alisó su vestido, le dijo adiós a su gatito, se puso el sombrero, cogió la escoba de Ethel y echó un vistazo rápido por la ventana de su habitación. Las hogueras brillaban a lo lejos. ¡Todo era muy emocionante!

El resto de la academia ya estaba en el patio cuando Mildred llegó corriendo para ocupar su lugar en la fila. La señorita Hard-broom estaba impresionante con su vestido y su sombrero de bruja.

—Todas presentes —informó a la señorita Cackle.

—Entonces, ¡vamos a celebrar Halloween! —exclamó la directora—. ¡Primero, la clase de quinto; segundo, la clase de cuarto, y así hasta la clase de primero!

Era una maravilla verlas volar sobre las copas de los árboles hacia el viejo castillo, con las capas ondeando al viento y las chicas mayores con sus gatos en el extremo de sus escobas.

Sentada muy recta con su largo cabello negro flotando a la espalda, la señorita Hardbroom lucía especialmente magnífica. Las chicas nunca le habían visto el pelo suelto y estaban asombradas de que lograse embutirlo en un moño tan pequeño. ¡La melena le llegaba hasta la cintura!

—Está bastante guapa con el pelo así —le susurró Maud a Mildred, que volaba a su lado.

—Sí —estuvo de acuerdo Mildred—, no da ni la mitad de miedo.

La señorita Hardbroom se dio la vuelta y les lanzó una mirada feroz.

—¡Silencio! —ordenó.

Cuando llegaron al castillo, gran cantidad de brujas y magos ya estaban reunidos allí.

Todas las alumnas de la academia formaron unas filas perfectas mientras la señorita Cackle y el resto de profesoras le daban la mano al jefe de los magos.

Era muy viejo, tenía una larga barba blanca y vestía una túnica bordada con lunas y estrellas.

—¿Qué nos habéis preparado este año? —preguntó.

—Un desfile de escobas, Su Señoría —respondió la señorita Cackle—. ¿Comenzamos, señorita Hardbroom?

Esta dio unas palmadas y las chicas formaron una fila con Ethel a la cabeza.

—Podéis empezar —dijo la señorita Hardbroom.

Ethel se elevó perfectamente en el aire, seguida por el resto de su clase.

Primero formaron una fila, ascendiendo y descendiendo alternativamente, que recibió un gran aplauso.

Después se lanzaron en picado hacia el suelo. (La señorita Cackle cerró los ojos durante este ejercicio, pero nada salió mal).

Luego hicieron una V en el aire, y resultó bastante bonito.

—Tus chicas lo hacen mejor cada día —le comentó una joven bruja a la señorita Hardbroom, que respondió con una sonrisa.

Por último formaron el círculo, la parte más fácil.

—Ánimo, que ya queda menos… —susurró Maud mientras manejaba su escoba delante de Mildred.

Pero en cuanto formaron el círculo, Mildred supo que algo le pasaba a su escoba. Empezó a moverse descontrolada, ¡como si intentase hacerle perder el equilibrio!

—¡Maud! —le gritó a su amiga—. Hay algo que…

Y antes de que pudiese acabar la frase, la escoba dio un brinco y salió disparada hacia Maud.

Se produjo un caos en el aire.

Todas las chicas gritaban y se agarraban las unas a las otras, y pronto no quedó más que un montón de escobas y alumnas en el suelo. La única que regresó a tierra volando serenamente fue Ethel.

Algunas brujas jóvenes se rieron, pero la mayoría se quedaron muy serias.

—Lo sentimos mucho, Su Señoría —se disculpó la señorita Cackle mientras la señorita Hardbroom deshacía la maraña de chicas y tiraba de ellas para que se pusieran de pie—. Estoy segura de que hay una explicación muy sencilla.

—Señorita Cackle: tus alumnas son las brujas del futuro —dijo gravemente el jefe de los magos—. Tiemblo al pensar cómo será ese futuro.

Se hizo un completo silencio.

La señorita Hardbroom no le quitaba ojo
a Mildred.

—Sin embargo —continuó el jefe de los
magos—, olvidaremos este incidente el resto
de la noche. ¡Que empiece la fiesta!

CAPÍTULO SIETE

AL AMANECER, las celebraciones de Halloween terminaron y las alumnas volaron de vuelta a la academia. En algunos casos iban dos en la misma escoba porque unas cuantas se habían roto.

Nadie hablaba con Mildred (incluso Maud se mostraba fría con su amiga), y la clase de primero había caído en desgracia. Cuando llegaron, se les ordenó que se metiesen en la cama. Tras las celebraciones de medianoche, era costumbre dormir hasta el mediodía.

—¡Mildred! —dijo la señorita Cackle con voz cortante cuando las de primero subían tristemente las escaleras—. La señorita Hardbroom y yo queremos verte en mi despacho a primera hora de la tarde.

—Sí, señorita —respondió Mildred a punto de llorar, y subió las escaleras corriendo.

Cuando abrió la puerta de su habitación, Ethel, que estaba escondida dentro, se inclinó hacia ella y le susurró:

—¡Esto te enseñará a ir por ahí convirtiendo a la gente en cerdo! —y se fue corriendo por el pasillo.

Mildred cerró la puerta y al dejarse caer sobre la cama casi aplasta al gatito, que se apartó justo a tiempo.

—Ay, *Tigre,* ¡qué mal lo he pasado! —suspiró, hundiendo la cara en el cálido pelo del animal—. Tendría que haber sabido que Ethel no iba a dejarme su escoba para hacerme un favor. Y nadie se creerá que no ha sido por mi culpa, ¡como siempre!

El gatito le lamió una oreja con ternura, y los tres murciélagos entraron por la ventana y se colgaron cabeza abajo del techo.

Dos horas más tarde, Mildred seguía sin pegar ojo. No paraba de pensar en la entrevista del día siguiente con la directora y la señorita Hardbroom. El gatito estaba tan tranquilo, hecho un ovillo en su regazo.

«Va a ser horrible», pensó mientras miraba angustiada el cielo gris al otro lado de la ventana. «Me pregunto si me expulsarán.

Aunque podría decirles que fue Ethel... No, nunca haría eso. A lo mejor deciden convertirme en una rana... No, estoy segura de que no harán nada de eso. La señorita Hardbroom dijo que iba contra el Código de las Brujas. Ay, ¿qué pasará? Hasta Maud piensa que lo del desfile ha sido culpa mía, y nunca había visto a la señorita Hardbroom tan furiosa...».

Su miedo fue creciendo y creciendo... hasta que Mildred saltó de la cama.

—¡Venga, *Tigre!* —dijo, y sacó una bolsa del armario—. Nos vamos a escapar.

Metió algo de ropa y un par de libros en la bolsa y se puso su mejor vestido para que nadie reconociese el uniforme de la academia.

Luego cogió su escoba, metió al gatito también en la bolsa y avanzó sigilosamente por el pasillo hasta la escalera de caracol.

—Echaré de menos a los murciélagos —susurró.

Era una mañana fría y gris.

Mildred se puso la capa sobre los hombros mientras atravesaba el patio, mirando constantemente a su alrededor para asegurarse de que nadie la descubría.

La academia parecía muy rara así, aún dormida.

Mildred tenía que volar por encima de las puertas, que, como siempre, estaban cerradas. Pero era difícil mantener el equilibrio con la bolsa colgada de la parte de atrás de la escoba, así que bajó al suelo al llegar al otro lado de la verja.

—No sé adónde vamos, *Tigre* —musitó tristemente mientras emprendía su camino a pie a través del bosque.

CAPÍTULO OCHO

INTRANQUILA entre aquellos árboles tan juntos que apenas dejaban pasar la luz entre sus ramas, Mildred se internó en el tenebroso bosque.

Cuando un rato después se sentó un momento para descansar, el gatito saltó de la bolsa para estirarse en la hierba.

Todo estaba en silencio excepto por el canto de algún pájaro y por un ruido bastante extraño, una especie de zumbido, como si un montón de gente estuviera hablando al mismo tiempo.

Mildred miró en dirección a aquel sonido y pensó que había visto algo moviéndose entre los árboles.

—Vamos a echar un vistazo, *Tigre* —susurró.

Dejaron la bolsa y la escoba apoyadas en un árbol y avanzaron con cautela.

El ruido se oía cada vez más.

—Es gente hablando… —dijo Mildred—. Mira, *Tigre,* ¡allí, entre aquellas ramas!

Sentadas en un claro del bosque había unas veinte brujas hablando en voz baja en torno a un caldero.

Mildred se acercó un poco más a ellas para escuchar lo que decían. No conocía a ninguna.

Una bruja alta y de pelo gris se puso de pie.

—¿Podéis callaros un momento? —dijo—. Gracias. ¿Estamos realmente seguras de que todas estarán durmiendo, o al menos en sus habitaciones?

La bruja se sentó y otra se levantó para responder. Esta era bajita y rechoncha, con gafas de pasta verdes. Durante un segundo, Mildred pensó que se trataba de la señorita Cackle, pero su voz era diferente.

—Claro que estamos seguras —dijo la doble de la señorita Cackle—. La mañana siguiente a las celebraciones de Halloween, la academia entera siempre duerme hasta el mediodía. Es una norma, y allí son muy estrictas con las normas, así que nadie estará levantado hasta las doce menos cinco como muy pronto. Si volamos por encima del muro hasta la parte de atrás del patio, entraremos por la parte más alejada de los dormitorios y nadie podrá oírnos. Además, seremos invisibles, así que estaremos perfectamente protegidas.

La bruja sonrió antes de continuar:

—¡Entonces solo tendremos que entrar en cada dormitorio y convertirlas a todas en ranas! No podrán vernos aunque estén despiertas. No olvidéis recoger las cajas para meter las ranas —señaló un montón de pequeñas cajas de cartón—. No puede escapársenos ni una. Así, ¡la academia por fin quedará bajo nuestro control! ¿Está ya lista la pócima de invisibilidad? —le preguntó a una joven bruja que daba vueltas al contenido de un caldero.

¡Era la misma pócima que Mildred y Maud habían preparado por error en lugar de la de la risa!

—Un par de minutos más —respondió la joven bruja, dejando caer un manojo de bigotes de murciélago en la mezcla—. Tiene que cocerse un rato a fuego lento.

Mildred estaba horrorizada.

Volvió al lugar donde había dejado la bolsa y se adentró en las sombras del bosque para que no la descubriesen.

—¿Qué podemos hacer, *Tigre*? —le susurró al gatito mientras se imaginaba a Maud saltando por ahí convertida en rana—. ¡No podemos dejar que esas brujas invadan la academia!

Mildred rebuscó en la bolsa y sacó los dos libros que se había llevado. Uno era el Código de las Brujas, y el otro, su libro de hechizos. Hojeó este último y se detuvo en una página sobre convertir a la gente en animales.

Solo daban un ejemplo, y era para caracoles.

—¿Lo hago? —se preguntó Mildred en voz baja—. ¿Me atrevo a convertirlas a todas en caracoles?

El gatito la miró para darle fuerza y valor.

—Ya sé que va contra el Código de las Brujas, *Tigre,* pero ellas tampoco parecen seguir las reglas... ¡Están planeando convertirnos en ranas mientras dormimos! Así que no veo por qué no deberíamos hacerles lo mismo a ellas... ¡en defensa propia!

Y volvió a deslizarse sigilosamente hasta el claro sujetando con fuerza el libro de hechizos.

Ya estaban sirviendo la pócima de la invisibilidad en unas copas, así que debía darse prisa.

Movió los brazos haciendo un círculo en dirección a las brujas (esta parte del hechizo puede resultar un tanto peligrosa cuando no quieres llamar la atención) y susurró el conjuro.

Durante un segundo no pasó nada, y las brujas siguieron hablando alrededor del caldero.

Mildred cerró los ojos de pura desesperación, pero cuando los abrió... ¡todas habían desaparecido y en el suelo había un grupo de caracoles de diferentes formas y tamaños!

—¡Eh, mira, *Tigre!* —gritó—. ¡Lo he conseguido!

El gatito se acercó a inspeccionar a los caracoles, que intentaban alejarse de él lo más deprisa posible (y eso no era muy rápido).

Mildred cogió una de las cajas de cartón y metió en ella los caracoles agarrándolos uno a uno con mucho cuidado.

—Supongo que no nos queda otro remedio que llevarlos a la academia y contárselo todo a la señorita Cackle, *Tigre* —dijo, resignada.

Así que deshicieron el camino.

Mildred llevaba la caja entre las manos y la escoba volaba a su lado, con la bolsa colgando y el gatito en su interior.

CAPÍTULO NUEVE

TODAS SEGUÍAN DORMIDAS en la academia cuando Mildred llegó. Subió corriendo la escalera de caracol, entró en su habitación y deshizo la bolsa para que nadie supiese que había intentado fugarse.

Justo cuando iba a volver a salir con la caja llena de caracoles en las manos, la puerta se abrió y apareció la señorita Hardbroom.

—¿Se puede saber qué estás haciendo, Mildred? —le preguntó con frialdad—. Te he visto por el pasillo con la escoba, el gato, una bolsa y esa caja de cartón. ¿Sería mucho pedir una explicación?

—Oh, no, señorita Hardbroom —respondió Mildred, abriendo la caja para que viese su contenido—. Mire, he encontrado un grupo de brujas en el bosque. Planeaban apoderarse de la academia y convertirnos a todas en ranas. ¡Hasta estaban preparando una pócima de invisibilidad! Así que las he convertido en caracoles y las he metido aquí para...

Mildred se detuvo al ver la cara de la señorita Hardbroom. Evidentemente, su tutora no se creía ni una palabra.

—Y supongo que *estas* son las brujas, ¿no? —preguntó con tono sarcástico señalando los caracoles, que estaban todos amontonados en una de las esquinas de la caja.

—¡Sí, son ellas! —insistió Mildred—. Sé que suena raro, señorita Hardbroom, ¡pero tiene que creerme! Sus escobas, el caldero y el resto de sus cosas todavía están en el claro del bosque donde las encontré, ¡de verdad!

—Bien, lo mejor será que le enseñes estas criaturas a la señorita Cackle —dijo la señorita Hardbroom con su tono más ácido—. Espera en su despacho mientras voy a buscarla a su cuarto, y espero que esto no sea una especie de broma, Mildred. Quiero recordarte que ya tienes bastantes problemas.

Nerviosísima, Mildred se sentó en el borde de una silla en el despacho de la directora hasta que la señorita Hardbroom regresó con la señorita Cackle, que llevaba un vestido gris y aún parecía medio dormida.

—Son *estas* —la señorita Hardbroom señaló la caja sobre la mesa.

La directora se sentó pesadamente en su silla y primero miró la caja y después a Mildred.

—Mildred… —dijo en tono dramático—, todavía estoy sufriendo por la humillación pública de la pasada noche. Por tu culpa, la reputación de esta academia ahora está por los suelos, ¿y todavía esperas que me crea una historia tan absurda como esta?

—¡Pero es verdad! —exclamó Mildred—. Incluso puedo describir a alguna de las brujas. Una era alta y delgada y tenía el pelo gris, y había otra que se parecía muchísimo a usted, señorita Cackle. Llevaba gafas de pasta verdes y…

—¡Un momento! —la detuvo la directora, colocándose rápidamente las gafas sobre la nariz—. ¿Has dicho que llevaba gafas de pasta verdes y se parecía mucho a mí?

—Sí, señorita Cackle —respondió Mildred, poniéndose colorada—. Y perdone si he sido maleducada con lo de las gaf…

—No, no, querida, no se trata de eso —la interrumpió la señorita Cackle, mirando de nuevo el interior de la caja. Luego se volvió hacia la señorita Hardbroom—. ¿Sabe?, creo que Mildred puede estar diciendo la verdad. La persona que ha descrito se parece mucho a mi malvada hermana Agatha, que siempre ha estado muy celosa de mi posición en esta academia.

La señorita Cackle miró los caracoles por encima de sus gafas.

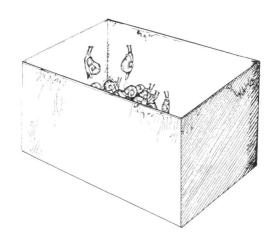

—Bueno, bueno, Agatha… —dijo, soltando una risita—. Así que volvemos a encontrarnos… Me pregunto cuál de estas bellezas serás tú. ¿Qué vamos a hacer con ellas, señorita Hardbroom?

—Sugiero que las devolvamos a su forma original.

—¡Pero no podemos! —exclamó la señorita Cackle—. ¡Hay veinte!

La señorita Hardbroom parecía ligeramente divertida:

—¿Me permite señalar el párrafo 5 de la regla número 7 del Código de las Brujas? Nadie que haya sido convertido en un animal por otra bruja en defensa propia puede practicar magia alguna contra su captora al ser devuelto a su forma original. En otras palabras, deberán reconocer que han sido derrotadas.

La señorita Cackle hizo memoria.

—¡Ah, sí, ahora recuerdo ese párrafo del Código! —exclamó alegremente—. ¿Lo has oído, Agatha? ¿Cree usted que pueden entendernos, señorita Hardbroom?

—Estoy segura. ¿Y si prueba a ponerlas en fila sobre la mesa y le pide a su hermana que se adelante?

—¡Una espléndida idea! —sonrió la señorita Cackle, que estaba empezando a divertirse—. Mildred, querida, ayúdame.

Pusieron los caracoles alineados sobre la mesa y la señorita Cackle le pidió a Agatha que saliese de la fila.

Uno se adelantó de mala gana.

—Escucha, Agatha —le dijo la señorita Cackle—: Debes admitir que no tienes muchas opciones. Si piensas seguir el Código de las Brujas, podemos devolverte a tu ser, pero bajo ninguna otra condición. Si estás de acuerdo, regresa a la fila.

El caracol regresó a la fila.

La señorita Hardbroom pronunció las palabras del hechizo liberador y de repente la habitación quedó llena de brujas, todas con pinta de estar furiosas y todas hablando a gritos. El ruido era terrible.

—¡Haced el favor de guardar silencio! —les ordenó la señorita Cackle.

Entonces se volvió hacia Mildred.

—Puedes volver a la cama, querida, y en vista de lo que has hecho por la academia esta mañana, creo que tendremos que olvidarnos de la entrevista que ibas a mantener con tu tutora y conmigo. ¿No está de acuerdo, señorita Hardbroom?

Esta levantó una ceja y a Mildred le dio un vuelco el corazón.

—Antes de olvidarlo todo —dijo—, si me disculpa, señorita Cackle, me gustaría preguntarle a Mildred qué hacía vagabundeando por el bosque cuando tendría que estar en su cama.

—Yo… Yo… había salido a dar un paseo, señorita Hardbroom.

—Y casualmente llevabas tu libro de hechizos.

—Sí —asintió Mildred, tragando saliva.

—¡Cuánta devoción por los estudios! —exclamó la señorita Hardbroom, sonriendo de una manera muy inquietante—. Imagino que también ibas cantando la canción de la academia mientras paseabas, ¿verdad?

Mildred miró al suelo. Podía sentir cómo todas las brujas estaban pendientes de ella.

—Creo que debemos dejar que se vaya a la cama —intervino la señorita Cackle—. Anda, Mildred, márchate.

Mildred salió disparada del despacho antes de que la señorita Hardbroom pudiese decir nada más, ¡y en menos de cinco segundos ya estaba en su cama!

CAPÍTULO DIEZ

AL MEDIODÍA sonó la campana para despertar a todo el mundo, pero Mildred se tapó la cabeza con la almohada y volvió a dormirse.

No pasó mucho rato hasta que la puerta de su habitación se abrió de golpe.

—¡Despierta, Mildred! —le gritó Maud, y al ver que no reaccionaba, le quitó la almohada y empezó a atizarle en la cabeza con ella.

Mildred entornó los ojos y vio lo que le parecieron cientos de personas hablando y gritando alrededor de su cama.

De hecho, Maud estaba saltando *encima* de su cama.

—¿Qué pasa? —preguntó, adormilada.

—¡Como si no lo supieses! —respondió Maud, sin aliento de tanto saltar—. La academia entera no habla de otra cosa.

—¿De qué? —preguntó Mildred con un bostezo.

—Pero ¿te vas a despertar o no? —gritó Maud, apartándole la ropa de la cama—.

¡Has salvado a la academia de la malvada hermana de la señorita Cackle, nada más!

Mildred se incorporó en el acto.

—¡Pues resulta que es verdad! ¡Sí que lo he hecho! —exclamó, y todas se rieron.

—La señorita Cackle ha convocado una reunión urgente en el Salón Principal —dijeron Dawn y Gloria, dos alumnas de su curso—. Lo mejor será que te des prisa en vestirte, porque te espera allí.

Mildred saltó de la cama y sus amigas se fueron al salón. Pronto estuvo preparada y corrió a unirse a ellas con los cordones de las botas arrastrando por el suelo, como era su costumbre.

Maud le había reservado un sitio, y Mildred sintió algo de vergüenza al notar que todas la miraban cuando entró en el salón.

Mientras esperaban a que llegasen las profesoras, decidió contarle a su mejor amiga lo de Ethel.

—Escucha, Maud —susurró, inclinándose hacia ella para que nadie más la oyese—. Lo de la exhibición no fue culpa mía. Ethel hechizó la escoba que me prestó, y lo sé porque me lo dijo ella misma. No se lo cuentes a nadie, ¿vale? Pero quiero que tú sí lo sepas.

—¡Pero si ya lo sabe todo el mundo! —replicó Maud.

—¿En serio? —exclamó Mildred—. ¿Quién se lo ha dicho?

—Bueno, ya sabes cómo es Ethel... —respondió Maud—. No pudo evitar fanfarronear de lo lista que había sido, así que se lo contó a Harriet, y Harriet pensó que aquello era una cosa horrible y se lo contó a todas. La señorita Hardbroom también se enteró y se puso furiosa con ella. Ahora nadie habla a Ethel.

—¡Shhhhh! —dijo alguien—. Ya vienen.

Todas se pusieron en pie cuando la señorita Cackle entró en el Salón Principal, seguida por la señorita Hardbroom y el resto de profesoras.

—Podéis sentaros, chicas —dijo la directora—. Como todas sabéis, la academia se ha librado por los pelos de ser invadida esta mañana. Si no hubiese sido por cierta joven alumna, ahora no estaríamos aquí, sino dando saltos por ahí... ¡convertidas en ranas!

Las chicas se echaron a reír.

—¡No, queridas, no os riáis! No habría tenido ninguna gracia si llega a pasarnos. Sin embargo, como *no* ha sucedido, ¡declaro festivo el resto del día en honor de Mildred Hubble! Mildred, ¿quieres hacer el favor de subir aquí un momento?

Mildred se puso roja como un tomate y tuvieron que empujarla para que se levantara. Avanzó torpemente entre las filas de asientos, tropezando con muchos pies a su paso, y se acercó a la señorita Cackle.

—No seas tímida, querida —le dijo la directora con el rostro resplandeciente de felicidad, y se volvió hacia el auditorio—: ¡Vamos, todas juntas! ¡Tres hurras por nuestra heroína Mildred!

Mildred se puso aún más colorada mientras coreaban los hurras.

Cuando todo acabó, «la heroína» se sintió muy aliviada. Mientras salían en fila del Salón Principal recibió un montón de palmadas en la espalda y todas la felicitaron. Todas menos Ethel, que le dirigió la mirada más desagradable posible.

—¡Viva Mildred! —gritó alguien.

—¡Nos vamos a librar del examen de canto gracias a ti!

—¡Gracias por el día libre!

—¡Sí, muchas gracias, Mildred!

Maud le pasó un brazo por los hombros.

—Llevas fatal esto de las felicitaciones, ¿eh? —le preguntó con una sonrisa.

—Qué va —dijo Mildred, aunque enseguida cambió de tema—: ¡Vamos a buscar a los gatitos y a divertirnos el resto del día!

—Un momento, señoritas —dijo una voz gélida… y demasiado familiar.

Las dos chicas se dieron la vuelta, preocupadas. Era una reacción muy normal cada vez que su tutora se dirigía a ellas.

Pero en esta ocasión, por asombroso que pareciese, la señorita Hardbroom les sonrió amablemente, no con la habitual mueca que le retorcía la boca.

—Solo quería darte las gracias, Mildred —dijo—. Y ahora, chicas, ¡disfrutad del día libre antes de que se acabe!

La señorita Hardbroom volvió a sonreír y desapareció en el aire, como siempre.

Las dos chicas se miraron, boquiabiertas.

—A veces pienso si no será tan mala como creemos... —susurró Mildred.

—Tal vez tengas razón, Mildred —resonó la voz de la señorita Hardbroom... desde ninguna parte.

Mildred cogió de la mano a su mejor amiga y corrieron hasta salir al patio cubierto de niebla.

Atrás quedó la risa de la señorita Hardbroom, resonando entre los muros de la Academia para Brujas de la señorita Cackle.

ÍNDICE